23753

ESSAIS
POÉTIQUES

PAR

CASIMIR GUÉRIN,

Membre des Sociétés Géographique et Ethnologique de Paris
et de l'Athénée populaire de Marseille.

MARSEILLE,

IMPRIMERIE CARNAUD, DIRIGÉE PAR BARRAS AÎNÉ,
Passage St-Ferréol, 23.

—

1850

LA MORT DE PAPÉTY,

Voile ton front de deuil, ô Cité marseillaise !
Il n'est plus ce génie à l'école française
      Léguant d'amers regrets !
Célébrons dans nos chants son immortelle gloire
Et gravons dans nos cœurs son illustre mémoire
      A l'ombre des cyprès !

Le trépas nous ravit le sublime génie,
Interprète éloquent des toiles d'Italie
      Brillant au Vatican ;
A l'éminent penseur observant en silence
Les archives de l'art révélaient la science
      Dont il dressait le plan.

Rome voyait en lui l'admirateur sincère
Devant ses monuments courbant sa tête fière ,
      Pour savourer le beau ;
Qui nous eût dit alors qu'avec sa foi naïve
Il trouverait la fièvre à la fatale rive ,
      Pour descendre au tombeau !

Qui pourrait célébrer en dignes chants sa vie ,
Dévouée à l'honneur de la sainte patrie
      Qu'il voulait illustrer ?
Jeune , il allait cueillir les palmes de la gloire ,
Pour immortaliser ici-bas sa mémoire
      Qu'elle allait consacrer.

O sublime Puget , tressaille dans ta tombe ,
Car Papéty n'est plus ! telle que la colombe
      Son âme hélas ! a fui !
Qu'un monument s'élève au sein de leur patrie ,
Pour transmettre leur nom et venger leur génie
      Du plus ingrat oubli !

Honore les Beaux-Arts , ô Cité phocéenne ,
Toi qui sur notre mer règnes en souveraine
      Par ton port si vanté ;
Que le navigateur abordant sur' nos plages
Salue avec respect leurs augustes images
      Où luit la majesté !

Amis, ouvrez vos cœurs à la douce espérance ;
Cultivez les Beaux-Arts, honneur de notre France,
    Sol de la liberté !
Michel-Ange français, une triple auréole
Ceint ton front radieux comme un noble symbole
    De l'immortalité !

Papéty, tu vivras au sein de ta patrie ;
Par tes nobles travaux ta mémoire est chérie,
    Emule de Puget !
Si le trépas ravit un artiste célèbre,
Nous irons recueillis sur sa pierre funèbre
    Epancher le regret.

Un Rêve de bonheur, sous le ciel d'Italie,
Avec ses chants d'amour et sa brise amollie,
    Au souffle du zéphir ;
Cultiver les Beaux Arts, indépendant et libre,
Pour illustrer la France aux bords fameux du Tibre :
    Tel était son désir !

Il s'égarait rêvant en son âme pensive,
Auguste pèlerin sur la fatale rive
    Du Tibre jaunissant ;
Il savait en son cœur unir la poésie
A l'art sévère et pur, en cette âme choisie,
    Accord saint et puissant.

Interprête des arts , digne amour de son âme ,
Son cœur était épris de la plus vive flamme
        De l'admiration ;
Il observait toujours avec sa foi sincère
Les monuments sacrés dans la noble carrière,
        De l'émulation.

L'*aria cattiva* des campagnes romaines
Atteignit le génie aux rives souveraines ,
        Préparant son tombeau ;
La Villa Médicis , d'un souffle délétère ,
A frappé Papéty, dont l'âme était si fière
        D'illustrer son berceau !

Confiant dans son sort , sous le ciel d'Hellénie ,
Il dirigea ses pas vers la terre bénie
        De l'hospitalité ;
Auprès du Mont Athos, les fièvres homicides
A l'artiste éminent portent des coups perfides
        Par leur souffle empesté !

Au sol natal hélas ! sa mort prématurée
Vint plonger dans le deuil sa patrie éplorée ;
        O souvenir cruel !
Gémissons de douleur à sa sombre agonie !
En cet instant suprême expire le génie,
        Pour renaître immortel !

Interprête du cœur, ô ma fidèle lyre ,
Fais vibrer les accords que la tristesse inspire ,
      Pour chanter le talent !
La mort ne peut ravir l'impérissable gloire
Et consacre à jamais l'éternelle mémoire
      De l'artiste éminent.

Sur sa couche funèbre apportez votre hommage
A votre illustre frère, afin que d'âge en âge
      Eclate sa splendeur ;
Vous, témoins de sa gloire, émules du génie,
Gardez le feu sacré ; que son âme bénie
      Ranime votre cœur.

                              1849.

LA COQUETTE,

PORTRAIT.

Au bal avez-vous vu cette femme coquette,
Cherchant à plaire à tous ? Le soir, elle s'apprête
A parer ses attraits ; elle mêle avec art,
Pour cacher ses défauts, la céruse et le fard ;
Elle aspire à briller aux fêtes, aux soirées,
Dans le bal enivrant, aime à voir préférées
Les grâces de l'esprit qu'elle étale avec soin ;
Le vain désir de plaire est chez elle un besoin.
Elle étudiera dans son miroir ses grâces,
Effaçant avec art les plus légères traces
Des fatigues du bal ; s'admirant à loisir
D'un air très satisfait, elle croit, sans mentir,
Que le ciel l'a fait naître afin d'être adorée,
Comme un être parfait se croyant préférée ;

Etre aimé, c'est bourgeois, digne du bon vieux temps ;
Elle veut conquérir les cœurs à leur printemps.
« L'amour peut contenter », dit-elle, « un cœur vulgaire , »
Mais elle, dont les pieds effleurent cette terre ,
Veut imposer son culte à ses adorateurs ,
Recevoir à ses pieds les tributs de leurs cœurs.
Elle veut conquérir au bal tous les suffrages ,
Et d'un monde flatteur savourer les hommages ,
Qu'on la trouve à ravir, qu'on vante ses bons mots ,
Qu'on approuve son choix et qu'on estime sots
Ceux qui n'ont pas l'esprit d'inventer, pour lui plaire ,
Un compliment flatteur bien rarement sincère.
En ce monde si faux y pense-t-on souvent ?
Les éloges menteurs sont des ballons de vent.
Elle aime entendre dire : « Oh ! l'aimable personne !
Quel sublime savoir ! ah ! comme elle raisonne
Sur maints vastes sujets qu'embrasse son esprit
Dont le monde élégant sait estimer le prix. »
La voyez-vous prenant ses superbes manières ,
Traitant avec dédain de femmes casanières
Celles dont le travail , par leurs efforts constants ,
Au soin de leur ménage absorbe les instants.
Aux modes de Paris donnant la préférence
Elle aime ces propos : « Quel goût ! quelle élégance !
» C'est ainsi qu'avec art ce doit être porté ;
» Les grâces de l'esprit rehaussent sa beauté.
» Sa conversation est toujours agréable ;
» Elle dit chaque mot avec un ton aimable. »

N'oubliez pas surtout de sans cesse applaudir
Aux frivoles bons mots qu'elle invente à plaisir ;
Avez-vous eu le tort de trouver sa parole
Fade et de mauvais goût? vous brisez son idole ;
Naguère vous étiez un modèle d'esprit,
De bon ton, d'élégance ; elle estimait le prix
De vos entretiens, mais, changeant de langage,
Dans son orgueil blessée, elle exhale sa rage :
Vous n'êtes plus qu'un sot privé de sentiment,
Indigne d'aspirer au titre heureux d'amant ;
Mais, si vous lui donnez de l'encens qu'elle envie,
Flattant sa vanité, la coquette, ravie
Par d'aimables propos, vous favorisera
D'un regard enchanteur qui vous captivera,
A tel point de son art possédant la malice,
Sous un chaste regard elle cache le vice,
Et voulant plaire à tous, sans décider son choix,
A ses adorateurs elle dicte ses lois ;
Elle laisse ignorer celui qu'elle préfère
Afin d'être adorée au séjour de la terre,
De s'entendre appeler une divinité,
Une magique fée au pouvoir enchanté,
Une ange aux doux attraits ici-bas descendue.
Sur un riche sopha mollement étendue,
En contemplant ses traits dans un charmant miroir,
Elle rêve à loisir à la valse du soir.
Inventant chaque jour nouveau moyen de plaire,
Elle veut asservir à ses genoux la terre.

Elle aime la parure et le parfum des fleurs,
Les livres illustrés, les oiseaux enchanteurs ;
Gardez-vous bien surtout de rechercher son âge ;
Une femme coquette, à l'abri du ravage
Du temps qui détruit tout, doit paraître toujours,
Pour plaire à tous les yeux, à l'âge des amours.
On vantera son pied, sa taille ravissante,
Ses regards séducteurs et sa grâce charmante ;
Tous ces fades propos sans cesse débités
Flattent son amour-propre en proie aux vanités.
Elle voudrait partout éclipser ses rivales,
Au bal, dans les concerts, n'avoir jamais d'égales
Qu'on puisse comparer en esprit, en beauté,
Etre seule admirée et qu'on soit enchanté
De posséder au bal une femme accomplie
N'ayant d'autre défaut que de couler sa vie
Dans la frivolité, de combler ses désirs
Par l'attrait enivrant de tous ces faux plaisirs.
Combien n'a-t-on pas vu de ces femmes coquettes,
Ne rêvant à loisir qu'élégantes toilettes,
Pour briller dans le bal au printemps de leurs jours
Et goûter les douceurs d'éphémères amours,
Souffrir amèrement quand les rides de l'âge
Sur leur front soucieux impriment leur ravage,
Détruisent les attraits par le monde vantés,
Ne laissent dans le cœur qu'affreuses vanités
Et les sombres regrets des jours de la jeunesse,
Alors que des plaisirs elles goûtaient l'ivresse !

Qu'il est affreux de voir se sécher de dépit
La coquette jalouse en perdant son crédit ,
Envier les attraits de la jeunesse aimable ,
Savourant des plaisirs le charme délectable.
Quand la beauté nouvelle éclipse ses attraits ,
Son cœur rongé de haine exhale ses regrets.
Oh ! que la vanité fait souffrir la coquette !
Sa vive passion n'est jamais satisfaite.
Elle voit ses attraits ravagés par le temps
Et s'envoler hélas ! les grâces du printemps.
Dans son dépit cruel , la noire jalousie
Souffle au fond de son cœur la rage de l'envie.
D'un futile plaisir évitez les défauts ;
Femmes, défiez-vous des compliments des sots
Admirant follement votre coquetterie ,
Dans les futilités égarant votre vie ,
Tandis que votre esprit doit fuir la vanité
Pour briller au séjour de l'immortalité !
Femmes , ne croyèz pas aux flatteuses paroles ;
Respectez votre honneur ; n'offrez pas en idoles
Vos suaves attraits , mais que votre pudeur
Sous un voile modeste exhale de ce cœur
Le chaste et pur parfum ; telle dans la nature
La pervenche se cache au bord de l'onde pure.
L'éclat de vos vertus doit vous faire estimer ;
Votre douce bonté devra vous faire aimer ;
En ce monde soyez simples dans vos manières ;
N'affectez point des airs qui ne soient pas sincères ;

Anges chastes du ciel, montrez-nous le chemin
Pour guider notre esprit vers l'éternel destin.
Noble est la mission de la femme sur terre ;
Soyez dans nos malheurs notre ange tutélaire ;
Ranimez le courage ; élevez-vous vers Dieu ;
Anges, montrez-nous donc que vous venez des Cieux !

19 février 1850.

Le Temple du Seigneur.

C'est ici du Seigneur la maison de prière
Où viennent expirer les vains bruits de la terre,
Où l'âme vient goûter une suave paix,
Aspirer vers le ciel, exhaler ses regrets,
Pleurer avec tous ceux que la douleur accable,
Gémir avec le pauvre assis à cette table,
Où le céleste pain descendu dans le cœur,
Vient ranimer encor la joie et le bonheur.
C'est ici que la foi, soutien de l'espérance,
Console notre esprit en proie à la souffrance ;
C'est ici que l'on vient en paix se recueillir,
Pour offrir de son cœur à Dieu le repentir.
Qu'on est heureux ici ! que la douce prière
Dégage notre esprit des liens de la terre,

Sur l'aîle de la foi nous ravissant au ciel
Pour verser dans notre âme un doux rayon de miel !
Ces voûtes sont témoins des fêtes solennelles
Du saint jour du Seigneur ; oh ! qu'elles sont donc belles
Ces fêtes du Très-Haut bénissant les humains ,
Tendant avec ferveur vers Jéhovah leurs mains ,
Implorant sa pitié du sein de leur misère ,
Pour leur rendre des maux la coupe moins amère ,
Pour verser le dictame au sein de leurs douleurs ,
Pour étancher leur soif en essuyant leurs pleurs.
Le temple du Seigneur à la blanche colombe
Offre un asile sûr, auprès de cette tombe
Où sa mère vers Dieu s'envola pour bénir
Ici-bas son enfant hélas ! prête à souffrir.
Une mère est si bonne ! une mère est si pure !
C'est l'amour idéal au sein de la nature ;
Soutien de l'espérance , appui de l'orphelin ,
A l'indigent qui souffre elle offre un peu de pain.
Combien doivent souffrir ceux que la mort cruelle
Priva de leurs parents , mais l'ange de son aîle
Protège l'innocence à la chaste pudeur
En veillant sur ses jours et, pour guider son cœur
Vers le sentier des cieux , la conduit au saint temple ,
Lui montrant à la fois le précepte et l'exemple.
L'envoyé du Très-Haut , ministre de bonté ,
Vient essuyer nos pleurs dans notre adversité.
Ah ! quelle douce foi ! quelle aimable croyance !
Il est donc un soutien pour la plus tendre enfance ,

Un ami du malheur, au sein d'un monde ingrat
Sans cœur pour l'affligé mourant sur un grabat.
Il est un protecteur veillant sur l'innocence ,
Abritant la pudeur, bannissant la souffrance ,
Pour écarter la ronce et l'embûche du mal
Et détourner ses pas de ce piège fatal.
Ah ! quelle douce foi pour l'âme vierge encore
Exhalant ses pensers, telle que , dès l'aurore ,
La simple fleur des champs de sa suave odeur ,
Offre le doux tribut au puissant créateur !
Tout rend hommage à Dieu dans la belle nature ,
La fleur par son parfum , et l'âme droite et pure
Par ses soupirs d'amour exhalés avec foi
Pour bénir du Seigneur la bienfaisante loi ;
Souvenirs précieux de ma naïve enfance ,
Vous charmez mon esprit à l'heure du silence ,
Quand je rêve à loisir en ce paisible lieu
Où tout semble annoncer la présence de Dieu :
Le Tabernacle saint , mystère impénétrable ,
Révèle les splendeurs de cet être adorable ,
Du Très-Haut devant qui les justes ont tremblé .
Eh ! que suis-je auprès d'eux ? Par le sort accablé ,
Je traîne vers la tombe une frêle existence ,
Cette vie est un souffle , un rêve ; une espéranc
M'encourage à souffrir en me montrant le ciel
Où l'âme goûte en paix l'ambroisie et le miel ,
Après avoir vidé la coupe de l'absinthe ,
Quand vers le Créateur s'est exhalé sa plainte.

Ah ! qu'on est bien ici ! loin d'un monde sans foi,
Comme on aime à bénir du Tout-Puissant la loi !
Un jour mystérieux illuminant l'enceinte
Dans notre âme répand une rêveuse teinte ;
On entend murmurer la prière tout-bas ;
Et la dalle résonne au seul bruit de nos pas.
Les voûtes dont l'écho redit notre prière
S'élancent vers le ciel, loin des bruits de la terre,
Et l'encens qui s'élève au milieu de l'autel
Est l'emblème du culte offert à l'Eternel.
Pour la pauvre brebis c'est le modeste asile
Contre la dent des loups ; pour une âme tranquille
C'est le pieux séjour des Anges et des Saints,
Des Vierges, des Martyrs et des purs Séraphins
Adorant à genoux dans ce profond mystère
Le souverain des Cieux qui règne sur la terre.
Sur le front de l'enfant l'onde du saint baptême
Rend l'âme pure aux yeux du Créateur Suprême,
Pour mériter son trône éclatant dans les Cieux
Et le titre éminent d'enfant béni de Dieu ;
Le saint baptême ouvrant les portes de la vie
Lui fait reconquérir les droits de la patrie,
Du splendide séjour de la félicité
Où les Elus voient Dieu dans leur éternité.
L'enfant béni du Christ, objet de la tendresse
Du Dieu clément et bon, au sein de sa jeunesse,
Sur le sentier des cieux par son ange gardien
Est guidé sur la terre, et le sceau du chrétien

Imprimé sur son front montre son origine ,
Le prodige éclatant de la bonté divine ;
Il devient en ce séjour cohéritier des Cieux ,
Son âme reconquiert son trône radieux ,
Et son ange gardien , veillant sur l'innocence ,
Protège ses vertus et bannit la souffrance ;
Soutien dans le malheur, il adoucit son sort.
Son esprit immortel , triomphant de la mort ,
Prend son rapide vol vers le sublime empire
Pour goûter le bonheur ; célèbre donc, ma lyre ,
Ce tribunal sacré pour le pauvre pécheur,
Epanchant les secrets de son fragile cœur ,
Venant se retremper à l'onde salutaire ,
Altéré de bonheur au vallon de misère ,
Aspirant à jamais vers un bien précieux.
Tel le cerf altéré sous la voûte des cieux
Vient étancher sa soif aux sources d'onde vive ;
Gémissant de douleur en son âme plaintive ,
Le mortel goûte en Dieu la consolation ,
Un dictame à ses maux , chassant l'illusion
Des erreurs de ce monde en proie à la misère ,
Dégageant son esprit des liens de la terre
Pour prendre son essor vers le séjour des Cieux
Et resplendissant pur près du trône de Dieu ,
Du maître souverain , sévère en sa justice ,
Abhorrant à jamais le triomphe du vice ,
Mais pardonnant toujours au sincère pécheur
Qui dans son cœur divin vient épancher son cœur,

Implorer sa clémence et sa miséricorde ,
Au noble repentir le Créateur accorde
Un généreux pardon , ranimant dans l'esprit
L'espérance et l'amour dont il sent tout le prix ;
Le cœur éprouve alors une ineffable joie ,
Recouvrant l'innocence , et notre âme est en proie
Aux doux ravissements des Anges du Seigneur
De leurs aîles voilés , célébrant tous en chœur
Le nom de Jéhovah , les dons et la puissance
Du maître souverain ; dans leur réjouissance ,
Célébrant à jamais du Créateur divin
Les précieux bienfaits dans leurs hymnes sans fin.
Le tribunal sacré , c'est l'asile de l'âme
Qui ranime sa foi par la céleste flamme.
La douce charité de ce divin pasteur
Chérissant ses brebis sait embrâser leur cœur
D'un chaste et pur amour. Quelle joie ineffable
Pénètre notre esprit d'un charme délectable !
Tel que le voyageur parcourant les déserts
Aspire vers la source élançant dans les airs
Son onde murmurante au sein de la nature
Pour étancher sa soif ; telle alors l'âme pure
A la source éternelle a ranimé sa foi
Respectant à jamais du Tout-Puissant la loi.
Le Seigneur est épris de l'amour le plus tendre
Pour les pauvres pécheurs , s'ils savaient le comprendre !
Le ministre de Dieu ramène les brebis
Au bercail du Seigneur, au sein des prés fleuris ,

Pour goûter la fraîcheur des féconds pâturages,
Loin des loups dévorants dont les cruels ravages
Déciment le troupeau. Ministre du Seigneur,
Il imite l'exemple ainsi du bon pasteur.
On aperçoit plus loin le pieux sanctuaire,
Le tabernacle saint où l'âme solitaire
Vient goûter le festin des Martyrs et des Saints,
Ouïr avec respect les chants des Séraphins
Entonnant du Seigneur les sublimes louanges
Que redisent en chœur les vierges et les anges;
Le pain vivant du ciel descendu parmi nous
Fait goûter du bonheur les charmes les plus doux;
Aliment de notre âme, il soutient la faiblesse
Du fragile mortel, ranime l'allégresse
Au sein d'un cœur souffrant, verse un baume divin,
Fait luire l'espérance, embellit le destin.
Quel bonheur d'admirer la pure jeune fille,
Au pied des saints autels, auprès de sa famille,
Pour la première fois sentant le pain sacré,
Offrant au Tout-Puissant son esprit consacré,
Temple de l'esprit saint par un divin mystère
Que l'œil ne peut sonder ici-bas sur la terre,
Mais que l'homme doit croire, imposant à sa foi
Le devoir d'obéir à la suprême loi
Du divin créateur dont la Toute-Puissance
Eclate en doux bienfaits dans l'Univers immense
Imposant le silence à notre vain orgueil,
Fragilité mortelle enfermée au cercueil.

Ah ! quels doux sentiments savent charmer notre âme
En proie aux vifs transports de la secrète flamme
De cet amour divin qui consume le cœur,
Lui révélant ainsi l'image du bonheur
Que les élus du ciel goûtent dans la patrie,
Après avoir erré dans cette triste vie,
Enduré les soucis, les maux et les tourments,
Dans le supplice affreux vu couler leurs moments,
Pour recueillir enfin la plus belle victoire
Réservée aux élus, et l'éternelle gloire
D'élever son esprit vers l'immortalité
Et goûter les douceurs de la félicité.
Adorons avec foi ce sublime mystère
Où le Seigneur s'unit à l'humaine misère
Pour élever notre âme au céleste séjour,
Prodiguant ses bienfaits par un excès d'amour,
Du trône de splendeur abaissant la puissance
En daignant compâtir aux maux, à la souffrance
Du vallon d'ici-bas, à la fragilité
De notre être aspirant vers l'immortalité.
Prêtant son ferme appui pour relever notre âme
Ici-bas abattue, afin que de la flamme
De ce foyer divin nous sentions les ardeurs
Embrâser tout notre être et consumer nos cœurs ;
Tandis que les mortels envient la richesse,
Goûtent des voluptés la séduisante ivresse,
La vierge vient s'unir à son divin époux,
Renonçant aux plaisirs, aux charmes les plus doux

Du monde corrupteur pour goûter la retraite
Où par les vanités l'âme n'est point distraite ,
Pour méditer à l'aise en l'asile ignoré
Où Dieu seul est témoin de l'esprit consacré
Au noble dévoûment pour offrir la prière ,
Baume divin de l'âme au sein de la misère ,
Pour rendre un pur hommage au pied des saints autels
Au maître Tout-Puissant, aux esprits immortels ,
Associer son cœur , ses chants et ses louanges
Aux cantiques sacrés que redisent les anges
De leurs aîles voilés, sur leurs théorbes d'or
Au sein de sa retraite, elle goûte un doux sort
Et son âme s'enfuit, telle que la colombe ,
Triomphant du trépas, au-delà de la tombe
Pour conquérir la gloire et l'immortalité ,
Pour contempler son Dieu dans son éternité.
Au pied des saints autels , le doux nœud du mariage
Unit les deux époux au sincère langage,
Renouvelant alors leur plus sacré serment,
Enchaînant leur destin, au solennel moment
Où le prêtre, du ciel organe vénérable ,
Proclame les saints nœuds par sa voix respectable ,
Invoque du seigneur les bénédictions,
Leur faisant espérer des consolations.
Le temple réunit la joie et la tristesse :
La mort au pâle front bannissant l'allégresse ,
Vient plonger dans le deuil des mortels consternés ;
Au parvis du saint lieu leurs fronts sont inclinés ,

Gémissant de douleur en leur âme affligée ;
Vers le sombre cercueil leur tête s'est penchée,
Déplorant d'un ami le funeste trépas ;
Le cortège s'avance et dirige ses pas
Vers le temple de Dieu pour offrir la prière
Au maître Tout-Puissant du Ciel et de la Terre.
Arbître souverain du destin du mortel
Reconnaissant ici son pouvoir éternel.
Le temple du Seigneur reçoit dans son enceinte
La dépouille des morts, alors que toute plainte
Expire sur la terre; un cortège d'amis
Accompagne un cercueil vers le séjour promis
Au fragile mortel pour reposer sous terre,
Et l'on verse des pleurs sur la funèbre bière
Recelant les débris de notre vanité,
En présence du temps et de l'éternité.
Nos jours se sont enfuis plus rapide qu'un songe ;
Le monde n'offre hélas ! qu'un funeste mensonge.
Alors les assistants, pénétrés de respect,
Inclinent gravement leurs fronts à son aspect,
Quand l'organe du ciel dit : Pars vers le ciel, mon âme,
Vers ton juge suprême. Une dernière flamme
Brille autour du cercueil et le cri gémissant
S'harmonie aux accords de l'orgue frémissant.
Puis on voit s'éloigner la foule recueillie
Méditant gravement sur cette courte vie
Et le Temple reprend l'aspect religieux
Ranimant la ferveur dans tous les cœurs pieux.

26 juin 1850.

La Mort du Juste.

C'était l'instant suprême où le Seigneur appelle
Le juste dont les jours nous offrent le modèle
De celui qui pratique une sainte équité
Conquérant tous les cœurs par son aménité.
Le juste avait passé dans ce lieu de souffrance
Prodiguant ses bienfaits, et la reconnaissance
Des pauvres l'exaltait par l'admiration
Qu'inspiraient ses vertus ; en lui chaque action
Empreinte de bonté soulageait sur la terre
Le pauvre, son ami, qu'il aimait comme un frère.
Ah ! qu'il est doux de voir de la fraternité
Remplir les saints devoirs avec la charité
Qu'inspire notre Dieu, source de la justice ,
Qui devrait assurer la ruine du vice !

Mais trop souvent hélas ! par sa fatale erreur,
L'homme au sein des plaisirs laisse égarer son cœur.
Le juste allait en paix terminer sa carrière ;
Auprès de son chevet, on voyait en prière
Sa famille éplorée ; avec sérénité
Il essuyait ses pleurs avec sa charité
Qui peut seule inspirer ce sublime courage
Prêt à braver la mort pour gagner le rivage
De ce port du salut vers l'immortalité.
Le juste avec bonheur voit son éternité ;
Tel le hardi pilote, au sein du noir orage,
Conserve sur les flots son calme et son courage.
— « Mes enfants, disait-il, essuyez donc vos pleurs ;
» Déplorez seulement du monde les erreurs.
» Ne pleurez pas celui qui va quitter la terre.
» Je sens la mort venir ; le repentir sincère
» Des fautes de mon cœur par sa fragilité
» Du Dieu de la clémence implore la bonté.
» Je dois me recueillir pour préparer mon âme ,
» Afin de l'épurer par la céleste flamme
» Du flambeau de la foi qui brille à tous les yeux ,
» Phare de notre esprit à la voûte des cieux.
» Ne pleurez point ma mort, mais priez pour mon âme,
» Pour épurer mon cœur par la divine flamme ,
» Et paraître plus calme au tribunal de Dieu ,
» Le juge souverain qui commande en tout lieu;
» A son nom vénéré que tout genou fléchisse !
» Que la vertu triomphe et flétrisse le vice !

» Il me semble, ô bonheur! ouïr la voix des cieux
» A cette heure appelant mon esprit radieux !
» Je vois, j'aime et je crois! la fervente prière,
» Ancre de mon salut, me ravit à la terre.
» Il me semble aborder au rivage béni
» Où l'amour fait goûter le bonheur infini.
» A genoux, mes enfants, offrez au Dieu suprême,
» Votre profond respect ; il est la bonté même ;
» Il daigne m'accueillir comme un pauvre pêcheur,
» Voyez dans mon espoir à l'éternel bonheur
» Les sublimes transports qui ravissent mon âme
» Vers le ciel, ma patrie, à la plus pure flamme ;
» Les Anges du Très-Haut et les purs Séraphins
» Adressent au Seigneur leurs cantiques divins,
» Pour célébrer sa gloire, et, dans mon saint délire,
» L'amour du Tout-Puissant en cet instant m'inspire
» Des hymnes purs d'amour pour m'unir aux accents
» Des Anges et des Saints aux accords ravissants.
» Je me sens envoler loin des bruits de la terre ;
» Adieu, frères chéris ! au vallon de misère,
» Le monde ne saurait combler tous vos désirs ;
» Elancez vers le ciel vos vœux et vos soupirs ! »
A cet instant suprême on eût dit que son âme
De ses jours bien remplis allait briser la trame ;
Sur ses traits respirait cette sérénité,
Image de la paix, et la fraternité
S'exhalait par sa bouche ; à cet instant suprême,
Il dicte ses conseils à ceux que son cœur aime

Adressant ses adieux ; à son auguste aspect
Ses parents, ses amis, saisis d'un saint respect,
Recueillis à genoux, de sa main tutélaire
Voulaient être bénis par le juste sur terre.
Il avait dit ; soudain son souffle s'exhala
Pour monter vers le ciel et le juste expira.
Ses traits étaient empreints d'une noble harmonie
Respirant la candeur et son âme bénie
Triomphant du trépas par l'immortalité
Allait goûter la paix et la félicité.
Rapide elle s'enfuit telle que la colombe
S'envole vers le ciel loin de la triste tombe,
Et quand le lendemain pour transférer ses os
On vit s'acheminer vers le champ du repos
Ses frères, ses amis vénérant sa mémoire
Gravant avec amour dans leur cœur son histoire,
Sa dépouille mortelle au sein de son tombeau
Inspirait le respect ; son destin fut si beau !
Les cœurs étaient navrés d'une amère tristesse
Sa mort avait banni du front toute allégresse ;
Les pauvres déploraient leur digne bienfaiteur,
Leur père, leur ami dont ils louaient le cœur.
On se plaisait à rendre un public témoignage
A ses nobles vertus qui vivront d'âge en âge
Pour léguer aux mortels l'exemple du devoir
En faisant luire au cœur un doux rayon d'espoir

12 octobre 1849.

LA BATELIÈRE DU LAC,

MUSIQUE DE M. AYMÈS,

Membre de l'Athénée Populaire de Marseille.

Gentille batelière,
Ta nacelle légère
Fend le flot de saphir ;
Conduis-moi sur la rive
Où la vague plaintive
Redit un doux soupir.

Dans la nuit embaumée
S'endort sous la ramée
Le chantre harmonieux ;
Dis-moi ta barcarolle
Et que ta voix s'envole
Dans l'infini des Cieux

A l'heure solennelle
Où, mon ange si belle,
Tu caches tes attraits,
Tes yeux comme une étoile
Brillent sous ton blanc voile
Pour combler mes souhaits.

Ta voix suave et tendre,
Que mon cœur sait comprendre,
Charmera les échos,
Et la rive sonore
Dira jusqu'à l'aurore
De l'amour les doux mots.

Gentille batelière,
Sur le lac solitaire
Vogue, vogue toujours ;
L'étoile qui scintille
Et ton œil noir qui brille
Guideront nos amours.

O charme délectable !
O mystère ineffable
Que révèle le Ciel !
Dans mon âme sincère,
Mon ange tutélaire,
Verse un rayon de miel.

Gentille batelière,
Guide-moi vers la terre,
Etoile de ma foi;
Chasse au loin la tempête
Qui gronde sur ma tête;
J'obéis à ta loi.

Ton céleste langage
M'offre la douce image
D'un messager des Cieux
Pour élancer mon âme
Comme la pure flamme
Au séjour radieux.

Gentille batelière,
Vogue, vogue toujours;
Loin des bruits de la terre
Emporte nos amours.

17 juin 1850.

LE CHAT ERMITE,

.

Fable.

Touché de repentir un chat se fit ermite
Pour pleurer ses péchés, et sa mine hypocrite
Avait trompé tous ceux que ce prompt changement
Surprenait de le voir converti sagement
Après avoir commis plus d'un forfait pendable
Et mérité d'aller dans les griffes du diable.
Jadis ce chat fameux, la terreur des souris,
Etalait sans rougir ses crimes impunis ;
Notre dévôt ermite avait fait pénitence
Et renoncant au monde, il faisait abstinence
De la chair des souris, fuyait les vanités
Et macérait son corps par ses austérités.

3

De la cave au grenier les souris réjouies
Dans leur fatal repos s'étaient lors endormies ,
Se croyant à l'abri de Rominagrobis
La terreur du quartier ; imprudentes souris !
Tellement on est dupe ainsi de l'imposture
Déguisant avec art sa perverse nature.
Vous aviez oublié qu'un chat ne change pas
Son instinct carnassier, sa haine pour les rats.
Les crédules souris étaient un jour assises
Après avoir fouillé les caves , les remises ,
Notre dévôt ermite apparaissant soudain
Vint demander l'aumône avec un air benin ;
Il adressait des vœux pour la gent souricière ,
N'ayant d'autre désir que de quitter la terre !
Lorsque sans défiance une jeune souris
S'approche pour offrir à Rominagrobis
Un morceau de lard frais réservé pour la fête
Qui , parmi les souris , un jour, dit-on , s'apprête.
Notre chat converti , feignant le repentir,
Flairait ce mets friand éveillant son désir.
L'ermite prévoyant avait pris sa besace
Dans laquelle avec soin chaque jour il entasse ,
La dîme qu'il prélève hélas ! pauvre souris !
D'un coup de patte affreux lors Rominagrobis
La terrasse et soudain sous sa dent meurtrière
La croque bel et bien ; la gent souricière
De fuir en s'écriant que le chat a repris
Ses griffes d'autrefois, la terreur des souris.

MORALITÉ.

Ne vous fiez jamais à cette hypocrisie
Qui se cache sous l'air de l'humble modestie .
Et, voulant faire croire à sa conversion,
Agit par intérêt, cachant sa passion.
La vertu n'offre point tout ce vain étalage;
Son mérite est caché; sincère est son langage.

2 février 1850.

Aux Littérateurs et aux Artistes,

Stances dédiées à l Athénée Populaire de Marseille.

Célébrons en ce jour notre amitié sacrée
Dont les charmes si doux réjouissent le cœur ;
Sachons couler en paix une heure consacrée
A la fraternité , gage du vrai bonheur !

Soyons tous animés du désir de la gloire
Pour cueillir des lauriers , prix d'un art immortel ;
De la postérité recherchons la mémoire ;
Elle accorde au génie un renom éternel.

D'un heureux avenir saluons tous l'aurore
Nous présageant le jour d'un destin glorieux ;
Quel bonheur ici-bas de retrouver encore
De fidèles amis au cœur franc et joyeux !

Il est pour le poëte à l'âme douce et tendre
Un noble sentiment qui fait battre son cœur,
C'est celui d'exprimer à qui sait les comprendre
Ses intimes accords et ses vœux de bonheur.

L'artiste et le poëte, admirant la nature,
Expriment les beautés du sublime univers;
Le génie illumine une âme droite et pure
Harmoniant sa voix aux suaves concerts.

Qu'à ce banquet d'amis une franche allégresse
Nous fasse à tous goûter un sincère plaisir;
Sous notre ciel d'azur la muse enchanteresse
D'une immortelle gloire enflamme le désir.

Qu'un nectar généreux en nos coupes pétille;
Resserrons les liens de la fraternité;
Que la sainte amitié sur nos visages brille;
Livrons-nous aux transports d'une douce gaîté!

Bannissons loin de nous l'envie au teint livide,
La vile jalousie aux criminels projets,
L'égoïsme hautain qui laisse le cœur vide!
Que la sainte amitié les détruise à jamais!

Emules du génie, au sein de la carrière,
Que la plus noble ardeur enflamme nos esprits;
Accordons au mérite un éloge sincère;
Qu'il recueille de l'art le triomphe et le prix!

Offrons-lui des lauriers en noble témoignage
De notre affection ; émules de son sort,
Ne soyons point rivaux ; que jamais un nuage
N'obscurcisse nos fronts jusqu'au jour de la mort.

Promettons-nous ici dans ce banquet de frères
De nous prêter toujours le plus ferme soutien,
Dans la carrière ouverte à nos efforts sincères
Unissons nos travaux par l'amour seul du bien !

Amis, vidons la coupe à la sainte alliance
Des Lettres et des Arts, à leur prospérité,
A la gloire, au bonheur de notre belle France,
Au succès du mérite, à la fraternité !

30 janvier 1850.

Le Nid de Fauvettes.

Oiseaux charmants dont le ramage
Résonne aux champs et dans les bois,
Soyez heureux dans le bocage,
Où j'aime ouïr vos douces voix.

Dans votre nid sous la feuillée
Les tendres fruits de vos amours
Dorment en paix, chaste couvée,
Suave espoir de tous vos jours !

De l'oiseleur l'instinct avide
Sans pitié pour l'oiseau béni
Guide la nuit le bras perfide,
Pour le ravir hélas ! du nid !

Chantres aîlés, en cet asile,
Le calme règne pour toujours ;
Fuyez le vain bruit de la ville
Pour goûter vos chastes amours.

Repose en paix, tendre fauvette,
Au sein du nid, sous nos beaux cieux,
Inspirant l'esprit du poète
Par tes concerts harmonieux.

S'il est encore un cœur sensible
Aux doux attraits de tes accents,
Voltige à la branche flexible,
M'enivrant de sons ravissants.

Mais si dans ton essor rapide
Tu reconnais le dur chasseur,
Oh ! fuis bien vite, oiseau timide,
Vers ton nid, séjour du bonheur !

Oiseaux, au sein de la retraite,
Vous fuirez les coups des méchants ;
Le simple asile du poète
S'embellira par vos doux chants.

Ne fuyez pas votre patrie ;
Oh ! n'errez pas sous d'autres cieux ;
Pour embellir toujours ma vie,
Restez, oiseaux délicieux.

En cet asile de mystère
Je rêve encore à mes amours,
Et je voudrais, loin de la terre,
Voir s'écouler en paix mes jours.

En contemplant la douce image
Du vrai bonheur dans votre nid,
J'aime écouter le doux langage
Du tendre oiseau que Dieu bénit.

15 juin 1850.

LE GONDOLIER DE VENISE.

Veux-tu monter sur ma barque légère,
Jeune beauté qui captives mon cœur ;
Veux-tu braver avec moi l'onde amère
Sur la lagune en rêvant au bonheur ?

  Gondolier de Venise,
  Le souffle de la brise
  Guide l'esquif au port ;
  Tes yeux comme une étoile
  Brillent sous ton blanc voile
  Pour embellir mon sort.

Vois-tu St-Marc où la sainte Madone
Accueille au ciel tes vœux et tes soupirs ;

Tresse pour elle une belle couronne
Pour la prier d'exaucer nos désirs.

Mon frêle esquif sur l'élément humide
Glisse léger sous notre ciel si pur,
Tel l'alcyon de son aîle rapide
Effleure au soir le sombre flot d'azur.

Ah! si j'avais un sceptre, une couronne,
A tes genoux je les déposerais
Comme à la reine à qui mon cœur se donne;
Illusions! adieu mes vains souhaits!

En te voyant, ange de l'innocence,
Avec ferveur prier, alors ma foi
Vers le séjour où luit mon espérance
S'envole encore en aspirant vers toi.

Quand vers le soir je rentre dans Venise,
Gai Gondolier je chante mon refrain;
Ange d'amour, au souffle de la brise
Je rêve à toi, bénissant mon destin.

Quand j'aperçois sur la rive embaumée
Flotter ton voile au gré du doux zéphir,
Je pense à toi, mon ange bien-aimée
Vers qui s'exhale un amoureux soupir.

16 septembre 1849.

LE PEINTRE DE MARINES,

stances

DÉDIÉES A M. BARRY.

⬭

Avez-vous vu le soir le peintre maritime
Observant les effets d'un beau soleil couchant,
Au bord du flot amer, penché sur un abîme,
Au sein de la nature à l'aspect si touchant?

L'avez-vous aperçu quand la mer en furie
Lance ses flots au ciel et frappe les rochers,
Lorsqu'on entend au loin comme une voix qui crie
Du frêle esquif luttant sous l'effort des nochers?

Il admire en artiste, et son âme pensive
Contemple l'Océan aux sublimes beautés,
Et son album s'empreint sur la grève plaintive
Du reflet de la scène et des flots agités.

Il entend de la mer la bruyante harmonie
Lui révélant alors ses inspirations ;
Il lit dans ce grand livre ouvert à son génie
Le secret de son être et ses émotions.

Il aime à s'égarer sur la plage sonore,
Ouïr le vague bruit du flot tumultueux
Se brisant au rocher et se brisant encore,
Dompté dans son courroux, sous un ciel orageux.

Il suit de l'œil l'esquif à la voile latine
Dans son rapide cours rasant le flot amer,
Semblable à l'alcyon, quand le soleil s'incline
Grand et majestueux s'abîmant dans la mer.

Il contemple le ciel aux mobiles nuages
Du pourpre le plus vif tantôt resplendissant
Sous les feux du soleil, au sein des noirs orages
Des ombres de la nuit tantôt s'obscurcissant.

Animant sous nos yeux la scène maritime,
Des pêcheurs retraçant le costume et les traits,
Il dépeint avec goût l'intérieur intime
De la pauvre chaumière où montent des souhaits.

Dès l'aurore annonçant l'astre du jour qui brille
Il sait nous exprimer les adieux du pêcheur,
Sur les bords de la mer à sa tendre famille
Suivant de l'œil l'esquif emportant son bonheur.

Il sait nous retracer de sa ville natale
Les traits que son cœur aime à retrouver encor
En rêvant au pays, dans notre capitale,
L'hiver au coin du feu, sous la brume du nord.

Des rochers de la côte en nous offrant l'image
Il nous montre l'aspect de ce golfe enchanteur,
Alors qu'à son printemps il parcourait la plage,
Redisant à la brise un doux refrain du cœur.

1er février 1850.

Rêverie au bord de Mer.

Avez-vous vers le soir, rêveur sur le rivage
Contemplé le flot sombre au roc audacieux
Brisant sa blanche écume et reculant de rage
Avec un cri plaintif sous la voûte des cieux ?

Avez-vous écouté la sauvage harmonie
De la mer mugissante au terrible courroux
Brisant son flot amer sur une grève unie
Et s'enfuyant soudain rapide au loin de vous ?

Tel un léger coursier dans son ardeur brûlante
Franchit le Champ-de-Mars et de ses fiers naseaux
Hume l'air avec force, en l'arène sanglante
Où le sort des combats prépare des tombeaux.

Le doux flambeau des nuits de sa pâle lumière
Illumine les flots tremblant sous sa lueur,
Et monte dans les cieux pour éclairer la terre
Du paisible sommeil savourant la douceur.

Avez-vous du regard suivi la nef agile,
Telle que l'alcyon rasant le flot amer,
Sous l'effort des nochers la rame plus docile,
Retombant en cadence en frémissant en mer.

Le soir pliant sa voile et voguant vers la plage
Le pêcheur rentre au port en chantant son refrain
Que redisent au loin les échos du rivage ;
Sur l'Océan profond s'écoule son destin.

Voyez-vous sur les flots s'éloigner la gondole,
Emportant les amours d'un couple fortuné.
La brise redira leur suave parole ;
Puisse l'esquif toucher au rivage enchanté !

Le calme de la nuit, ineffable mystère,
Règne sur notre mer pour charmer les instants
D'un couple fortuné, loin des bruits de la terre,
Respirant la fraîcheur que cherchent les amants.

Sur le docile flot, vogue frêle nacelle,
Puisse-t-il se courber au gré de leurs désirs,
Et que l'écho plaintif de cette ange si belle,
Garde encor le secret et les tendres soupirs !

26 septembre 1840.

Souvenirs de Jeunesse,

ROMANCE.

T'en souvient-il des longues causeries
Le soir d'hiver au foyer pétillant?
T'en souvient-il des douces rêveries
Au fond des bois, au murmure du vent?

As-tu gardé la douce souvenance
De l'humble toit de nos simples aïeux,
Du pré, témoin des jeux de notre enfance,
Où nous aimions à nous revoir joyeux?

T'en souvient-il de la brebis chérie
Qu'un simple nœud captivait près de toi,
Du viel ormeau, de la rive fleurie
Où plein d'amour je te donnai ma foi?

Ah! sais-tu bien que ces vives images
Charment encor souvent mes doux instants;
J'aime à revoir ces fortunés rivages,
Témoins discrets des plus tendres amants!

T'en souvient-il de cette humble chapelle
Où ta prière enflammait ma ferveur,
Ange d'amour, tu m'abrîtais sous l'aîle
Près du foyer qui consumait mon cœur.

J'aime à revoir les lieux qui m'ont vu naître
Et la chaumière où je goûtais la paix ;
O mes beaux jours, puissiez-vous donc renaître
Pour exaucer de mon cœur les souhaits !

Mais voilà donc la vallée embaumée
Où s'exhalait mon plus tendre soupir ;
Je n'entends plus cette voix bien-aimée
Faisant rêver un meilleur avenir.

Respect aux morts dans leur froide demeure !
Voilà la tombe où dorment mes aïeux !
Quand du trépas pour moi sonnera l'heure,
Puissè-je heureux m'envoler vers les cieux !

O mes amours plus rapides qu'un songe,
Vous m'avez fui pour ne plus revenir,
Pour ne m'offrir que le riant mensonge
Que lègue au cœur votre doux souvenir !

Ils ne sont plus ces moments d'allégresse !
T'en souvient-il des beaux jours d'autrefois ?
Printemps heureux, instants de ma jeunesse ;
L'écho discret répond seul à ma voix.

15 février 1850.

STANCES IMITÉES DE SAA DA MIRANDA,

Poète Portugais,

SONNET A SON AMANTE.

⬯

J'ignore, ange du ciel, ce que vos yeux de flamme
Inspirent à mon cœur ; les pensers les plus doux
De leur parfum divin viennent charmer mon âme
M'annonçant, ô bonheur ! qu'ils s'exhalent de vous !

Aux charmes enchanteurs de votre doux sourire
Mon être s'est ému d'un aimable transport ;
Votre éloquent silence alors me semble dire
Que votre seul aspect peut embellir mon sort !

Mon âme, que vois-tu sur l'Océan immense,
Si mes regards partout retrouvent vos attraits ?
Il suffit de vous voir pour que votre présence
M'accompagne en tous lieux me retraçant vos traits.

Dirai-je le pouvoir de votre doux langage
Captivant tous mes sens émus auprès de vous,
Charme mystérieux qui mérite l'hommage
Du plus fidèle amant dont le cœur n'est qu'à vous.

Quel est donc cet attrait qui doucement m'attire
Vers vous comme au bonheur ? Quel feu mystérieux
Me consume à jamais ? Oh ! comment pouvoir dire
Ce que je sens si mal', ange si pur des cieux ?

3 février 1849.

LE PRISONNIER,

ROMANCE.

Oiseau charmant dont le ramage
Réjouit les champs et les bois ,
Porte à ma belle ce message ;
D'amour parle-lui par ma voix.

Tu lui diras que mon âme soupire
Et que mon cœur se consume d'amour ;
Oh ! qu'elle m'aime et soudain sur ma lyre
Je chanterai du printemps le retour.

Si je pouvais comme toi de mon aîle
Fendre les airs pour la revoir encor
En m'élançant vers la sphère éternelle
Voler vers elle , ineffable trésor !

Pourquoi mon âme en son désir sublime
De ce corps vil subit-elle la loi ?
Je suis captif, mais le profond abîme
Ne peut briser mon amour ni ma foi.

Dis-lui mes maux, mon amère souffrance,
Discret témoin de discrètes amours,
Dans ma prison, messager d'espérance,
Reviens encor pour consoler mes jours.

Dis-lui pour moi de prier dès l'aurore
Pour le retour du captif malheureux ;
Dans mon exil le chagrin me dévore,
Mais vers le ciel s'élèvent tous mes vœux.

O liberté, baume de l'existence
Pour nos deux cœurs unis d'un tendre amour,
Doux bien perdu pour défendre la France,
Ah ! reviens donc embellir mon retour ?

Blanche colombe au gracieux corsage
Pure comme elle et timide à la fois,
Fend l'air rapide et porte ce message
Pour mon amie à la suave voix.

Mes compagnons, félicité suprême !
Brisent les fers de ma captivité ;
Me voilà libre et de celle que j'aime
Je vais revoir la céleste beauté.

28 février 1849.

A UNE JEUNE FILLE.

Offrirai-je des fleurs à vous , fleur dès l'aurore
Exhalant vers le ciel une suave odeur !
Ange , redites-moi que vous m'aimez encore !
Ma lyre exprimera les soupirs de mon cœur !

Je chante vos attraits , la candeur virginale '
Brillant sur votre front , le sourire enchanteur
Sur vos lèvres de rose et votre teint si pâle
Réalisant si bien le rêve de mon cœur.

Votre pied délicat effleurant cette terre
 Evite de toucher au caillou du chemin ;
De vos regards charmants le suave mystère
D'un messager des cieux révèle le destin.

Oh ! vous êtes sans doute un esprit de lumière
Des célestes splendeurs descendu près de moi
Pour daigner me guider au vallon de misère
Vers le divin séjour en ranimant ma foi !

Dans les songes dorés de ma naïve enfance
Votre aimable présence exaltait ma piété ;
Mon cœur épris d'amour, ouvert à l'espérance ,
Palpitait de bonheur admirant la beauté !

A l'approche du soir, quand j'errais sur les grèves ,
Il me semblait vous voir, ange au front radieux
Prendre un rapide essor, réalisant mes rêves
De bonheur et d'amour sous la voûte des Cieux.

Et mon âme pensive en douces rêveries
S'envolait de la terre au sublime séjour
Pour admirer encor votre image chérie,
Pour m'enivrer encor d'un ineffable amour.

A moi des chants ! hélas ! poëte solitaire ,
Ma lyre ne redit que l'écho de mon cœur ;
Inspirez mes accords , mon ange tutélaire ,
Et ma voix redira des accents de bonheur !

Lorsqu'au bal enivrant vous daignez m'apparaître
Comme une aimable fée au magique pouvoir ,
Vous captivez mes sens ; je sens mon cœur renaître ,
Et s'ouvrir à l'instant à la joie , à l'espoir !

Contempler vos attraits que la candeur décore,
Vos pudiques regards où se mirent les cieux,
N'est-ce pas mon bonheur de vous revoir encore,
D'admirer plein d'amour votre front radieux.

Un essaim de beautés forme votre cortège;
Noble reine du bal, vous triomphez alors
Par vos charmes si doux que le Seigneur protège.
N'êtes vous pas un ange ici-bas sur nos bords!

Quand je puis au signal de la valse enivrante
Vous presser sur mon cœur en vous serrant la main,
C'est l'extase du ciel, mon ange ravissante;
Vous êtes pour mon âme un être surhumain !

Ah ! puissions-nous fuir au loin de cette terre,
Aux suaves accords des cantiques sans fin;
Ravissez mon esprit, mon ange tutélaire,
Allons au ciel jouir d'un éternel destin !

Ah ! revenez le soir, au vallon solitaire,
De votre blanche main cueillir la simple fleur;
Versez au sein des maux le baume salutaire ;
Votre céleste amour n'est-il pas mon bonheur ?

Epanchez votre cœur, ce trésor ineffable
Où je pourrai goûter de votre amour divin
Les attraits ravissants, le bonheur ineffable
Pour bannir mes douleurs, embellir mon destin !

Puissions-nous tous deux, dans notre rêverie,
Oublier les humains pour ne penser qu'à nous,
Pour goûter le bonheur, lorsque, dans la prairie,
S'exhale de la fleur le parfum le plus doux.

Le tendre rossignol, la fauvette plaintiv e
De leur suaves chants font résonner les airs,
Et les anges des cieux à l'éternelle rive
Sur leurs théorbes d'or font vibrer leurs concerts.

20 août 1849.

LA FIANCÉE DU PÊCHEUR,

ROMANCE.

Il est parti loin de sa fiancée
Mon pauvre Pierre en me donnant sa foi !
Il me berça d'une douce pensée
Me promettant de vivre sous ma loi.

Quand je reçus sur cet heureux rivage
Ses vœux d'espoir, ses doux serments d'amour,
Je crus alors à son tendre langage ;
Je me rappelle avec bonheur ce jour !

Il reviendra pour bannir la tristesse
Voilant mon front maintenant soucieux !
Mon cœur espère encore en sa promesse ;
Son chaste amour ne vient-il pas des cieux ?

Il a cueilli cette fleur bien-aimée
Pour me l'offrir en gage de sa foi,
Et savourant son odeur embaumée
J'espère encor son retour près de moi.

Oh ! reviens donc sur ta barque légère
Pour ranimer dans le cœur mon espoir !
Ah ! je mourrais hélas ! mon pauvre Pierre ,
S'il me fallait ne jamais plus te voir !

Sous la chaumière il est un doux asile
Pour notre amour , au bord de notre mer !
Rend l'espérance à mon âme docile
Bannis du cœur tout souvenir amer !

Là nous serons , loin des bruits de la terre ,
Heureux tous deux unis d'un tendre amour,
Et notre sort que charme la prière
Embellira notre simple séjour.